CAMINHEI TODA A ÁGUA DO MEU CORPO

jadson rocha

URUTAU
julho de 2024

○ —

editora Urutau

rua do cajú, 478
jardim das cerejeiras, 06724-015
cotia-sp
brasil

rua dr. manuel pacheco nobre, 128, 5 esquerdo
2830-080 barreiro (setúbal)
portugal

[+55] 11 95608 8983 [brasil]
www.editoraurutau.com

[EDITORA]
debora ribeiro rendelli
[REVISÃO]
juliana palermo
[PROJETO GRÁFICO]
wladimir vaz
[COORDENAÇÃO GRÁFICA]
tiago fabris rendelli
[DIAGRAMAÇÃO]
victor h. azevedo

Dados Internacionais de Catalogação na Publicação (CIP) de acordo com ISBD

Rocha, Jadson
R672c Caminhei toda a água do meu corpo / Jadson Rocha. - Cotia : Urutau, 2024.
88 p. ; 13cm x 16,5cm.

ISBN: 978-65-5900-759-2

1. Literatura brasileira. 2. Poesia. I. Título.

CDD 869.1
2024-1914 CDU 821.134.3(81)-1

Elaborado por Vagner Rodolfo da Silva - CRB-8/9410

Índice para catálogo sistemático:
1. Literatura brasileira : Poesia 869.1
2. Literatura brasileira : Poesia 821.134.3(81)-1

SUMÁRIO

[42] convite

[43] conversa

[44] [faço um desenho e o escondo]

[45] [mantivemos os copos suspensos]

[46] [escrevo sem nomear ninguém]

[47] leitura a dois

[49] [não sei se um dia verei a mim mesmo]

[50] mapas guardados nos bolsos

[51] lições de cidadania

[52] [presenciei o pequeno alvorecer]

[53] [troquei a foto de três pássaros]

[54] concerto

[56] superfície

[57] [não se pode tocar uma palavra]

[58] [não fiz as contas e sei que foram muitos]

[59] geopolítica

[60] dupla cidadania

[61] identidade nacional

[62] se eu fosse dizer que é aqui

[63] mapas para a dissolução das fronteiras

[64] geologia doméstica

[65] [penso em te explicar os meus mapas]

[66] sítio arqueológico

[67] il buco

[68] [posso provar que houve um castelo]

[69] glória

[70] [achegando ao chão]

[71] cordilheira

[72] ontem estive em casa

a quase você

tenho lido muitas vezes a mesma carta
que descreve um lugar
insistentemente
para alguém da vida
desse alguém que a escreveu
esta carta não enviada anda comigo
pela cidade no lugar de um mapa

CARLA KINZO

*

esta ruína também é minha
faço parte da espécie a acabar
antes do tempo com todas as coisas
inauguradas na certeza do fim
divididas entre as que resistem
e as que se precipitam à poeira
à semelhança de nossas células
que a diário partem sem despedida

rascunho

hoje me lembrei do grafite naquele prédio
parcialmente demolido e pertinho da sua casa
onde está bem legível apenas um Oi
com ponto de exclamação

às vezes esqueço

todas as letras que atravessaram minha boca
não foram hoje capazes de formar teu nome

alerta laranja

um menino com o seu nome
me deu um soco na quinta série
pegou no nariz meio de lado
quando horas depois em casa
o sangue escorrendo
não precisei dizer nada
a umidade relativa do ar
era indetectável pelas células
narizes sangravam sem violência
ninguém soube da briga

estamos há 100 dias sem chuva
os jornais da cidade anunciam a data
praticamente todos os anos
desta vez foi 15 de agosto
sua primeira noite em minha cama

não trocamos socos

o sangue ali concentrado
por muitos minutos
em nossos corpos
sem sair do lugar

*

aqui pode ser como um deserto
mas não hoje
plena estação de chuvas
o ar todo quente
nem a revolução da terra sobre si mesma
pode afastar de mim o calor

instruções para tromba d'água

ele recomendou buscar uma pedra
não para tê-la nas mãos
nos bolsos nos caminhos
buscar uma pedra para desde a margem
observar a subida das águas
uma pedra a servir de anúncio ao nosso regresso
que resiste a dizer-se qualquer outra coisa
para dizer-se pedra
ele disse que deveríamos olhar para o alto
na direção da cabeceira do rio
nem você nem eu
talvez ninguém nesta sala
sabe pra qual lado fica a cabeceira do rio
mas as nuvens estão mais escuras ao sul
ele perguntou se mesmo encharcados desejaríamos continuar
e no entanto também perguntou se levávamos água o suficiente

procura-se um lugar tranquilo

a umidade desta página não vem do meu suor
do sul uma frente fria avançava
cada vez mais escuras as nuvens
já não tardariam as gotas a lamberem
dos corpos o gosto de mar
tão igual nas duas margens
sem dar-lhe as costas deixei para trás um continente
distante escassos quilômetros desta porção de terra
grande e muito menor
fiz fotos na travessia
à direita e à esquerda quase tudo mar
de cada lado uma ponta de terra à vista
se me despertasse ali qual chamaria de ilha
quão grande desejaria que fosse
para dar-me conta do erro e mudar-lhe o nome
quão segura de sua identidade estaria uma ilha
formada inteiramente por uma pedra

definições

verbo encontrar
sendo transitivo
achar atinar descobrir
gosto mais de atinar
acertar pelo tino que vem a ser juízo
tato prudência ideia atenção
atinamos os dois para um encontro
mas em vez de choque colisão conjunção
tomo emprestadas as definições 8 e 14
edição online do dicionário priberam
cada uma das peças que mantêm firme o tear
confluência de rios
é possível não ser direto buscando definições
foi fácil para uma tarde de domingo
subtrair do espaço o intervalo entre nós e uma miragem

instrumentos de medida

este é um domingo de trabalho
inteiramente dedicado a observar
a incidência do sol sobre as árvores
o pinheiro que não deveria existir neste bioma
funciona bem como relógio solar
a luz vence a altura do edifício ao lado
e alcança as folhas do topo às 8h27
(falhei no registro dos segundos)
então mergulha desde o topo até a metade
onde os galhos são tão maiores quanto as folhas
de um tom mais escuro de verde
há uma sombra diagonal imposta pela construção
com seus seis andares inaugurados em 1972
a folha verde-mais-claro que primeiro recebe o sol
está pela altura do quinto andar
bem acima das raízes cinquentenárias
que ainda hoje colhem nutrientes do solo

algumas árvores
como os carvalhos e muitos pinheiros

produzem comumente raízes axiais
relativamente profundas
tornando estas árvores bastante difíceis de serem removidas
a mais profunda raiz conhecida foi a de um pinheiro
que crescia em solo arenoso
altamente poroso
penetrou no solo até cerca de 6,5 metros
cerca de dois andares
0,54 segundo para que o google encontrasse essa informação
em 53 páginas da internet
cada uma delas parece ser a fonte original
o ponto exato em que o pinheiro-relógio emerge da terra
não recebe sol antes de 12h19
e as nuvens se instalaram de tal forma que
durante toda a tarde o pinheiro passou de relógio a calendário
a cada quantos meses os galhos avançam uns tantos milímetros

uma semana

o aspirador tem reservatório com capacidade extra
não sei como colocar à prova essa verdade
mas cabe de uma só vez o que de minha própria pele
misturou-se à poeira do mundo
sobra muito espaço no reservatório
para uma semana de mim
a menos que chova as janelas estarão sempre abertas
hão de fazer da casa como o ar fresco do lado de fora
hão de trazer fragmentos de mundo que repousarão sobre móveis e piso
e debaixo dos móveis
e nas falhas do piso
e suspensos no ar
não pesquisei quantas células
antecipam a diário a certeza da morte
em cada ser vivo antepassado da poeira
nem quanto ainda haverá de minha pele
nesse vento seco

animais noturnos

atribuí olhos aos contornos de um corpo
vejo melhor as estrelas que os olhos diante de mim
como se a noite desfizesse a miopia
apenas para os corpos celestes

fantasma

ele faz um gesto com as mãos e diz
bem pequeno, deste tamanho
estou em um ponto da plateia que distingue tudo
mas esse gesto escapa completamente da câmera
que transmite o palco a dois LEDs gigantes
como transcrição do inaudível

brasília talvez seja uma cidade

havia pressa para inaugurar as obras
persiste a velocidade das vias
tomadas de carros e alheias aos passos
menos aos nossos por desobedientes
e não estamos a sós
como também a cidade longe de ser sozinha
multiplica distante dos olhos
histórias e sonhos expulsos da utopia
mas que resistem e furam de raízes a terra
tal plantas nas fissuras do concreto
nelas faz-se cidade
permeada de vazios ambivalentes
generosos aos olhos
o céu convertido em monumento
vazios alargadores de distâncias
entre as gentes
não entre nós
você me disse assim
brasília talvez seja uma cidade

fiquei pensando
não fosse cidade
seria ainda tempo de fundá-la
o victor heringer declarou independência
de um país que era ele próprio
andando com suas porosidades
a cidade que sou eu
demarca sorrateiramente suas fronteiras
para se avizinhar de ti

nossos olhos atentos ao chão

pisamos juntos o sinal sobre o mapa
nem sequer foi preciso cruzar uma fronteira
e talvez por essa ausência
pela falta de registro em passaporte
por palavras não cumpridas de uma profecia
ainda ao largo de ser escrita
é que regressar não seja possível

cartografia a dois

os mapas que traçamos juntos
são conscientes de que não podem
recuperar os caminhos de nossos pés
antes do meu ou do seu passo
eles já se moveram à revelia de nós

passos para o desencontro

um pouco doloridos
os pés nos sapatos
pior o esquerdo
mas insisto em caminhar
é o que sei fazer
sigo performando
o papel de turista
para ruas vazias

tropeços de um pé e de outro

eu quero completar
todos os passos
não são 5 para sucesso na carreira
nem 9 para estabilidade emocional
10 para abrir uma empresa
5 para fechar uma empresa
9 para perdoar
9 para uma construção sustentável
9 para deixar um emprego
12 para o crudivorismo
são passos com os pés
meta diária oito mil
segundo o aplicativo novo
de hábitos mínimos recomendados
escolho obedecer
perder o equilíbrio
cada um passo
sou eu mais perto
disso que sou eu

*

sigo pela calçada com um método
pé e logo em seguida pé
partes espelhadas
de um corpo: este
avançam e eu avanço

procura-se Tino

centenas de vezes ao encontro de meus olhos
e nunca pude em seus pelos afagar minhas mãos
sempre o mesmo retrato logo acima do mesmo texto
em postes muros hastes das placas de sinalização
um comando: atenção pedestres
uma promessa de recompensa: procura-se Tino
não se trata de prudência tato atenção
um *vira-lata de pelo marrom listrado curto*
tímido
amedrontado
não late
se esconde em cantinhos
eu o conheço parado mas posso adivinhar seus movimentos
deitou-se no asfalto e talvez fosse inverno como agora
que não é inverno neste hemisfério
para quem acompanha os movimentos do planeta
mas é inverno nesta cidade
desobedecemos, entre tantas coisas, as estações
seu retrato ocupa a cidade em silêncio

há meses que já não sei quantos
vejo-o por toda a extensão dos meus passos
caminhar para
1. não *perder ou fazer perder a razão a sensatez*
2. não *perder ou fazer perder a calma a compostura*
: não desatinar

procura-se ainda

ensaio reconstituir o itinerário de uma busca
tenho como método ligar os pontos de um mapa de ausências
há pontos tão próximos uns dos outros
talvez representem seus lugares favoritos
neste espaço você esteve aqui aqui aqui e logo ali
os cartazes se organizam a alturas diferentes do chão
talvez isso testemunhe o envolvimento de ao menos três pessoas
no esforço de colar cartazes para te encontrar
três pronúncias diferentes para o teu nome

língua natural

você fez questão
de dobrar o mapa
de modo que nossas cidades
distantes uma da outra
exatos 1720 km
fizessem subitamente
fronteira

ANA MARTINS MARQUES

bem poucas semanas a distância
para começar a sentir falta do jeito como eu falo
se a conversa é entre nós dois
falei com muitas pessoas que não são você
constato ou me surpreendo
um jeito novo e nosso já existe
às vezes emergia em outras conversas
por descuido alguma frase curta
na entonação certa reivindicava
sua presença a meu lado
e de súbito pouco mais de mil quilômetros
assim suprimidos do mapa
ainda que meus interlocutores entendessem as palavras

— elegemos para nossa língua justamente as mesmas palavras
da língua oficial deste país desencontrado —
conheciam as palavras mas ignoravam tanto
seu nome é um nome comum de homem
quando o chamo em voz alta soa para mim inconfundível

conjuro

talvez se eu me esforçasse mais
se pensasse na frequência certa
seria capaz de reivindicar sua presença
mas eu não consigo
sorte a sua

corrente de ar

vejo as folhas se agitarem
de um vento que não chega a mim
aqui guardado de paredes
você as preencheu comigo até ainda há pouco
quando retornou a outro conjunto de paredes
dessa vez com abertura para o leste
seu quarto conhece o sol todas as manhãs antes do meu
aqui as cores demoram mais a despontarem no dia
aqui despojamos os corpos das vestes
ficamos a conhecer a língua um do outro
quase sempre minha barba mais comprida que a sua
mais visível na pele o carimbo dos meus dentes
no léxico composto por nós
confundem-se as entradas
para chão da cozinha e amor

*

talvez houvesse você e eu e nós
talvez isso coubesse em quantos
trinta e quatro metros quadrados
escritos por extenso fazem caber
inventário: dois homens

da janela para dentro

como quem cruza um caminho estreito
reconquistado pelo mato alto
na ausência de visitas
que lhe confirmem o traçado no chão
ensaio percorrer mentalmente um inventário
das coisas protegidas dos olhos

boa localização nascente sem fiador

há um nicho esquecido pelo misticismo
não se veem cartazes na rua com promessas realmente úteis
ao invés de união de casal em três dias
consigo esperar igual prazo para ver outra vez seu anúncio
no site da imobiliária
e passar na frente de todo mundo interessado em ocupar
um por um seus metros quadrados

convite

entre duas janelas está sua cama
e não sei qual delas
se avizinhará de mim
quando
se um dia
a casa
o quarto
abrigar
como hóspede
também meu corpo

conversa

as primeiras fitas k7 permitiam gravar 30 minutos de cada lado
e as músicas desta década têm em média 64 segundos a menos
se a conta partir dos anos 1990
não calculei a duração média das *playlists*, cinco músicas de cada
que enviamos um pro outro todo dia primeiro há vários anos
nenhuma até hoje ocuparia os dois lados de uma fita

*

faço um desenho e o escondo
leio em voz alta seus vértices
e ângulos
para bem medir o que não pode entrar

*

mantivemos os copos suspensos
sem saber a que brindar
era a minha vez de eleger as palavras
pouco antes de cansarmos os braços
as pedras de gelo perdendo volume
eu disse que poderia escrever
um poema que abriria com
mantivemos os copos suspensos
sem saber a que brindar
você me corrigiu imediatamente
nunca precisou de tanto tempo
quem não sabe é você
e emendou com um brinde
a uma palavra de três sílabas

*

escrevo sem nomear ninguém
nunca fiz isso por você neste caderno
te chamo assim: você
e não sei como se forma essa saudade
não sei quanto da minha saudade
se confunde com a que você proclama
nossos continentes avançam e já quase
outra vez se encontram em pangeia

leitura a dois

antes de abrir a porta marquei a página e deixei sobre a mesa
a antologia recém-publicada de Sophia de Mello
dias depois conversamos pelo telefone
tenho o livro em mãos e falamos de nossas leituras
fotografo duas páginas do livro

porque eu cheguei e é tempo de me veres

terror de te amar num sítio tão frágil como o mundo

você as recebe, lê e aprova
você me diz que havia notado o livro sobre a mesa
por que não perguntou sobre o livro
por que não o pegou
sentiu nas mãos o peso ligeiro
calmo e denso do papel com poemas
por que não ficou mais
sendo que queria ter ficado
e eu já sabia como me faria falta

respondo ou antes me pergunto
também eu, embora saiba a resposta
o porquê de não ficar mais
se você tivesse perguntado
eu buscaria o livro sobre a mesa para ler em voz alta um poema
e se você sem pergunta alguma
retirasse o livro da mesa e o abrisse
talvez tivesse lido um poema para mim

*

não sei se um dia verei a mim mesmo
nas suas fotografias de antes de nos conhecermos
como você de repente esteve nas fotografias enviadas por ele
pouco depois, mas só quando ele já não estava
temos gostos parecidos por viagens
descobri nas suas fotografias públicas
vi uma por uma e todas mais de uma vez
fotografamos, de ângulos diferentes, a mesma casa
na minha foto aparece a casinha vermelha
sem uma janela no segundo andar
e à esquerda há outras seis, todas vermelhas
em sua foto são três à direita
juntamos as fotografias com meses de diferença
e não completamos sequer uma rua

mapas guardados nos bolsos

uma voz ao longe anunciava
estou falando de memória
ao que uma voz de dentro
mas não minha
respondia *estou falando de sede*
caminhei toda a água do meu corpo
foi preciso mais desorientação do que coragem
mais olhares ao encontro de olhares vindos da direção oposta
mais atenção às pedras e micro cavernas no asfalto
mais escolhas de dobrar esquinas
com base em não mais do que um cheiro de pão
ou o barulho de um rio

lições de cidadania

já me pediram coisas estranhas na rua
dá um beijo nele
meus lábios em seu rosto
mas ela disse *na boca*
entre risos voltei a beijar
foi bom e rápido
era quase carnaval
outra senhora pediu ajuda com o fecho de uma pulseira
escorregou um pouco entre os meus dedos suados
diversas vezes pediram orientações
em cidades onde eu estava de passagem
por acaso buscavam lugares que eu conhecia
só uma vez me pediram que dirigisse um carro até o hospital
pediram também que eu aceitasse jesus
ou que girasse a chave do portão
porque a artrite estava atacada naquela manhã

*

presenciei o pequeno alvorecer
de um poste que se acende
em sincronia com o meu passo

*

troquei a foto de três pássaros
repousando em um arbusto
pelo sorriso de uma moça desconhecida
de passagem entre a foto e a câmera
no intervalo equivalente a uma revoada

concerto

talvez para converter em silêncio o que pouco antes era barulho
da mais ordinária coleção de sons de uma manhã de dia útil
sendo impossível contar as nuvens do céu pois inexistentes
ou ao menos invisíveis
talvez como canto para atrair a chuva
foi que começou a soar o alarme primeiro de um carro
a poucos metros de não sei quantos ouvidos além dos meus
fico tentado a mentir pela graça das palavras
pela beleza da cena e pelo desespero que causaria descrever
os outros carros estacionados um a um e de par em par
numa ciranda estática a soarem dessincronizados seus alarmes
e piscarem quase simultaneamente seus faróis
não passou entretanto de um dueto
e ainda breve que não pude chegar à janela a tempo de descobrir
formas cores anos estimados de fabricação
nem qual dos dois era o que soava mais alto
não se ouviu estilhaçar de vidros
bater e muito menos abrir de portas
nenhum tímido pedido de desculpas

nenhum passo apressado ecoando contra o asfalto
uma lista de pequenas ameaças, desconfianças e estado de vigília
soube dia desses que você instalou em seu carro uma câmera
não para ajudar a estacionar
mas para gravar a movimentação ao redor
ter provas em caso de batidas, arranhões
contra quem quer que saia de fininho sem bilhetes no para-brisa
quando eu tinha carro, um boy com nome de apóstolo deixou no para-brisa um bilhete
papelzinho com não mais que 15 palavras
esqueci cada uma delas
já não reconheceria hoje sua letra de mão
você não precisará das imagens a menos que algo suspeito aconteça
é da natureza das câmeras de vigilância
uma sucessão de imagens coletadas para serem esquecidas
e isso por si só já intimida de um tanto
prometi qualquer dia sem aviso
dançar bem em frente à câmera
mandar-lhe quem sabe um beijo estalado pelo ar
os registros ficam gravados por algumas semanas
e somem
meus passos de dança talvez para sempre perdidos

superfície

isso que te recobre o corpo é tão couro
quanto a pele dos animais que humanos chamam de
couro para não dizerem pele
eu não consegui escapar de escrever
mais este poema contigo
e no entanto a palavra que reveste o meu corpo
se escreve ainda igualzinha a antes quando um dia
você a tirou pra dançar
hoje quase que nos tocamos

*

não se pode tocar uma palavra
alguns apertos precisam ser dosados
deixamos marcas temporárias em tua pele
e a palavra corpo segue intacta

*

não fiz as contas e sei que foram muitos
os poemas que trocamos por imagem
e outros formatos digitais
não sei quanto tempo vão demorar
a chegar por correio palavras que não escrevi
e posso ainda assim dedicar a você
apontando para página 26
com a minha letra de mão

geopolítica

a última peça de roupa
abandonou o corpo a água
já bem acima da cintura
sua cueca molhada
convertida em minha bandeira
desse país cujo lema deixei
de proclamar em voz alta
para não chamar atenção

dupla cidadania

minha bandeira é a sua cueca molhada
e também a minha

identidade nacional

os símbolos mais comuns são estrelas e brasões
dois países vizinhos exibem representações do sol
que é também este sobre nós
algumas bandeiras têm inscrições em texto
um país nega todos os deuses
exceto um
outro
o nosso
nega por omissão a palavra amor

se eu fosse dizer que é aqui

eu sigo os passos de alguém que se perdeu antes de mim
tento decifrar um mapa errante
presente de desconhecido
nunca alcancei o poço que queria visitar
este caminho não serve
acompanho o mapa enquanto tento traçar sua cópia
fiel com meus pés e um aplicativo de posicionamento geográfico
estou aqui
reconheço no mapa original as clareiras
onde ficam as torres de transmissão de energia
se tivesse em mãos um mapa sem voltas
estar aqui seria dizer
estar perdido

mapas para a dissolução das fronteiras

coleciono poemas sobre mapas
como a luisa müller coleciona poemas sobre pedras
os mapas dos poemas sobre mapas não costumam ser
instrumentos de dominação
embora possam ser
também não servem como guias aos passos
embora possam servir
e para isso não apenas mapas como cartas de amor
e papéis amassados e vidros partidos
fiz um mapa em que a escala cartográfica
em vez de indicar por exemplo 1:50000
tenta adivinhar a distância
entre a palavra e o silêncio

geologia doméstica

ainda por descobrir se você sem gostar de mapas consegue
gostar de mim
de você eu ainda consigo gostar porque gosta de pedras
porque conhece os minerais ocultos nas paredes de minha casa
uma geologia doméstica que nos comove
observo suas mãos tateando uma pedra sobre a mesa
você me mostrou os pontinhos brilhantes
perguntou se eu via bem
fez questão de girar a pedra apontando para a janela
pois era a luz que despertava o brilho
então eu vi e logo em seguida soube
a depender da cor era um quartzo ou mica ou feldspato
ou nomes que embora eu estivesse disposto a acreditar
você levava muito a sério para fingir certeza
isso era tão bonito que se você
não gosta de mapas mas gosta de pedras
eu ainda assim estou disposto

*

penso em te explicar os meus mapas
tirá-los dos bolsos e gravá-los em pedras
vejo um mapa nos pontinhos salpicados em suas costas
esse é um lugar comum da linguagem do desejo
os pontinhos me conduzem ao corpo
estar ali já é chegar

sítio arqueológico

montei uma pequena coleção
fotos de buracos em pedras
os guias todos me apontavam *aquela ali é furada*
era obrigatório contratar um guia
por meu gosto era eu sozinho com as pedras
com as pinturas nas pedras
suas placas empilhadas de sedimentos
trazidos de um mar que há milhões de anos
recuou centenas de quilômetros para expor
a firmeza da terra sob os meus pés
o guia me fez prescindir de um mapa
pude me dedicar à tarefa impossível
de terminar de olhar para as pedras
de atravessar quantas pudesse as fendas
o suficiente maiores para o deslizar do meu corpo

il buco

um grupo de homens desce por cordas
agarrados a aparelhos de exploração
dias inteiros dedicados a chegar
ao ponto a partir do qual não se pode ir
simultaneamente desenham um mapa
e com o mapa em mãos já se pode
desmontar acampamento recolher as luzes
dizer que conhecem a profundidade
da parte oca da pedra que permanece
não sabem é por quanto tempo são fiéis
nossos mapas para uma pedra

*

posso provar que houve um castelo
há muitas montanhas nesta cidade
menores que homens, imensas
roubei-lhes um punhado de areia
para construir castelos
e devolvê-los aos montes de origem
um punhado de areia faz crescer a montanha
desde o alto da torre dá pra ver
o mundo se desmancha

glória

este morro já esteve à beira-mar
a cidade avançou sobre as águas
come a little bit closer, baby
será que entende minha caligrafia
também eu estive perto do mar
isso ainda há pouco
a construção no topo do morro, uma igreja
deu-lhe uns quantos de mim a mais de altura
contei com os olhos
sou visto de cima e no entanto
se tivesse acesso às escadas
usadas ao menos de quando em quando
(percebe-se pelo estado das bandeiras lá no alto
alguém deve trocá-las)
se lá do alto esticasse meu braço
para elevar ao máximo uma das mãos
e alcançasse o topo do mastro mais alto
eu não seria nunca
o ponto mais alto do morro à beira-mar

*

achegando ao chão
faço sobrar mais céu

cordilheira

é questão de bem observar as escalas
o ponto mais alto deste planeta tem 8848 metros de altitude
quantos grãos de areia estariam aqui reunidos
em nome de formarem montanha em pleno canteiro de obras

ontem estive em casa

parece estranho ter que partir
talvez já seja outra a direção
do regresso ao que entendo por casa
na despedida ensaio um lugar a teu lado
mas as roupas incompletam a nudez

*

a galeria de fotos do celular
organiza-se automaticamente em meses
pude saber a data exata
há 3 meses com 3 dias
em que meu sorriso se fixou bem próximo do seu
não foi a última vez
apenas não registramos
sorrimos ainda no dia que você elegeu
para me dizer que aquilo
ou seja nós dois
já não funcionava

*

o boy do *grindr* me achou muito sério e não queria nudes
pediu uma foto em que eu aparecesse sorrindo
vasculhei longe na galeria
jamais uma foto sorrindo
em que eu estivesse sozinho
tiro poucas fotos
e tenho mais fotos sorrindo
com outras pessoas
do que com você

recibo

quase postei nos stories
um vídeo aleatório ou nem tanto
acompanhado desta música de que gosto muito
que já escutei mil vezes
que só agora começou a me lembrar de você
iria certamente parecer uma declaração talvez
uma indireta talvez
um convite para se achegar e receber
palavras absolutamente diferentes das que são cantadas
mas que poderiam ser e podemos testar pois diriam assim
vá à merda
parece mais fácil
talvez menos maduro
escrever este poema

dedicatória

li dois poemas sobre você num livro de capa vermelha
escrito na ignorância da sua existência
páginas 13 e 68
sei que são sobre você porque eu também escrevo poemas
já fiz caber na palavra você
um equívoco de carência
um onde é que eu estava com a cabeça
um talvez eu tenha adiantado o fim de algo muito bom
até quem ficou tempo demais tratei por você
roubei-me versos de um você para o outro
com a caneta entre os dedos usei o anelar da mão esquerda
e o médio da mão direita
para pressionar
quase simultaneamente
ctrl + F
41 ocorrências para a palavra você nas páginas deste livro
a ferramenta de busca não soube enumerar, mas eu sei
quantas vezes você corresponde à sua imagem

*

conferi o espelho oval sobre a pia
encontrei ainda a minha imagem
o dia não está para surpresas

wabi-sabi

vi a tensão tomando conta do seu rosto
suas mãos ainda ensaboadas
e o prato escorregando
para o espaço entre a geladeira e a pia
por debaixo do esmalte azul
continuava escondida a cerâmica branca
nunca recuperamos a lasquinha de esmalte
saída do fundo do prato para se juntar aos cacos
de copos partidos entre você e meu último amor
este prato é agora melhor que muitos outros
nessa ilha de gelo emergida do azul
partilhamos a intimidade de um café da manhã

*

escrevemos
longos poemas
juntos
ou seja roubei
frases inteiras
tão logo suas cordas vocais
formaram um som

[agradecimentos]

pode ser que eu tenha caminhado toda a água do meu corpo, mas não foi sozinho, primeiro tive água, mãe, pai, irmã, irmão, obrigado por me apontarem tantos caminhos, muitos dos quais eu não pude seguir, encontrei outros mapas e agradeço a cada um, sabendo que não vou conseguir nomear um por um de seus traços, agradeço à luisa müller por muitas leituras atentas que me ajudaram a empilhar as pedras, ao joão miguel lima por me mostrar a cidade que queremos, a cidade enquanto nossa, ao vinicius machado por fazer de nossa amizade uma tradição musical, à cecília lima pelos planos de caminhar juntos os quatro cantos de um mapa, à juliana martins torres por muitos quilômetros logo de manhã, à anna davison por me acompanhar nas dúvidas e esperanças de uma nova geografia, ao carlito azevedo por apagar as fronteiras e me aproximar, em voz alta, de tantas poetas e tantos poetas de todos os lugares, à equipe da editora urutau pela confiança de abrir as portas para novas vozes de cada parte deste país desencontrado.

*

* *

Jadson Rocha
é artista visual e poeta baiano-brasiliense, formado em Ciências Econômicas pela Universidade de Brasília, UnB. Participou de diversas exposições, incluindo a 13ª Bienal Internacional de Arquitetura de São Paulo. *caminhei toda a água do meu corpo* é seu primeiro livro publicado.

PRIMEIRA EDIÇÃO

–INVERNO–

COTIA

MMXXIV